Romains

La Bible

Romains 1

1. Paul, serviteur de Jésus Christ, appelé à être apôtre, mis à part pour annoncer l'Évangile de Dieu, -

2. qui avait été promis auparavant de la part de Dieu par ses prophètes dans les saintes Écritures,

3. et qui concerne son Fils (né de la postérité de David, selon la chair,

4. et déclaré Fils de Dieu avec puissance, selon l'Esprit de sainteté, par sa résurrection d'entre les morts), Jésus Christ notre Seigneur,

5. par qui nous avons reçu la grâce et l'apostolat, pour amener en son nom à l'obéissance de la foi tous les païens,

6. parmi lesquels vous êtes aussi, vous qui avez été appelés par Jésus Christ-

7. à tous ceux qui, à Rome, sont bien-aimés de Dieu, appelés à être saints : que la grâce et la paix vous soient données de la part de Dieu notre Père et du Seigneur Jésus Christ !

8. Je rends d'abord grâces à mon Dieu par Jésus Christ, au sujet de vous tous, de ce que votre foi est renommée dans le monde entier.

9. Dieu, que je sers en mon esprit dans l'Évangile de son Fils, m'est témoin que je fais sans cesse mention de vous,

10. demandant continuellement dans mes prières d'avoir enfin, par sa volonté, le bonheur d'aller vers vous.

11. Car je désire vous voir, pour vous communiquer quelque don spirituel, afin que vous soyez affermis,

12. ou plutôt, afin que nous soyons encouragés ensemble au milieu de vous par la foi qui nous est commune, à vous et à moi.

13. Je ne veux pas vous laisser ignorer, frères, que j'ai souvent formé

le projet d'aller vous voir, afin de recueillir quelque fruit parmi vous, comme parmi les autres nations ; mais j'en ai été empêché jusqu'ici.

14. Je me dois aux Grecs et aux barbares, aux savants et aux ignorants.

15. Ainsi j'ai un vif désir de vous annoncer aussi l'Évangile, à vous qui êtes à Rome.

16. Car je n'ai point honte de l'Évangile : c'est une puissance de Dieu pour le salut de quiconque croit, du Juif premièrement, puis du Grec,

17. parce qu'en lui est révélée la justice de Dieu par la foi et pour la foi, selon qu'il est écrit : Le juste vivra par la foi.

18. La colère de Dieu se révèle du ciel contre toute impiété et toute injustice des hommes qui retiennent injustement la vérité captive,

19. car ce qu'on peut connaître de Dieu est manifeste pour eux, Dieu le leur ayant fait connaître.

20. En effet, les perfections invisibles de Dieu, sa puissance éternelle et sa divinité, se voient comme à l'oeil, depuis la création du monde, quand on les considère dans ses ouvrages. Ils sont donc inexcusables,

21. puisque ayant connu Dieu, ils ne l'ont point glorifié comme Dieu, et ne lui ont point rendu grâces ; mais ils se sont égarés dans leurs pensées, et leur coeur sans intelligence a été plongé dans les ténèbres.

22. Se vantant d'être sages, ils sont devenus fous ;

23. et ils ont changé la gloire du Dieu incorruptible en images représentant l'homme corruptible, des oiseaux, des quadrupèdes, et des reptiles.

24. C'est pourquoi Dieu les a livrés à l'impureté, selon les convoitises de leurs coeurs ; en sorte qu'ils déshonorent eux-mêmes leurs propres corps ;

25. eux qui ont changé la vérité de Dieu en mensonge, et qui ont adoré et servi la créature au lieu du Créateur, qui est béni éternellement. Amen !

26. C'est pourquoi Dieu les a livrés à des passions infâmes : car leurs femmes ont changé l'usage naturel en celui qui est contre nature ;

27. et de même les hommes, abandonnant l'usage naturel de la femme, se sont enflammés dans leurs désirs les uns pour les autres, commettant homme avec homme des choses infâmes, et recevant en

eux-mêmes le salaire que méritait leur égarement.

28. Comme ils ne se sont pas souciés de connaître Dieu, Dieu les a livrés à leur sens réprouvé, pour commettre des choses indignes,

29. étant remplis de toute espèce d'injustice, de méchanceté, de cupidité, de malice ; pleins d'envie, de meurtre, de querelle, de ruse, de malignité ;

30. rapporteurs, médisants, impies, arrogants, hautains, fanfarons, ingénieux au mal, rebelles à leurs parents, dépourvus d'intelligence,

31. de loyauté, d'affection naturelle, de miséricorde.

32. Et, bien qu'ils connaissent le jugement de Dieu, déclarant dignes de mort ceux qui commettent de telles choses, non seulement ils les font, mais ils approuvent ceux qui les font.

Romains 2

1. O homme, qui que tu sois, toi qui juges, tu es donc inexcusable ; car, en jugeant les autres, tu te condamnes toi-même, puisque toi qui juges, tu fais les mêmes choses.

2. Nous savons, en effet, que le jugement de Dieu contre ceux qui commettent de telles choses est selon la vérité.

3. Et penses-tu, ô homme, qui juges ceux qui commettent de telles choses, et qui les fais, que tu échapperas au jugement de Dieu ?

4. Ou méprises-tu les richesses de sa bonté, de sa patience et de sa longanimité, ne reconnaissant pas que la bonté de Dieu te pousse à la repentance ?

5. Mais, par ton endurcissement et par ton coeur impénitent, tu t'amasses un trésor de colère pour le jour de la colère et de la manifestation du juste jugement de Dieu,

6. qui rendra à chacun selon ses oeuvres ;

7. réservant la vie éternelle à ceux qui, par la persévérance à bien faire, cherchent l'honneur, la gloire et l'immortalité ;

8. mais l'irritation et la colère à ceux qui, par esprit de dispute, sont rebelles à la vérité et obéissent à l'injustice.

9. Tribulation et angoisse sur toute âme d'homme qui fait le mal, sur le Juif premièrement, puis sur le Grec !

10. Gloire, honneur et paix pour quiconque fait le bien, pour le Juif premièrement, puis pour le Grec !

11. Car devant Dieu il n'y a point d'acception de personnes.

12. Tous ceux qui ont péché sans la loi périront aussi sans la loi, et tous ceux qui ont péché avec la loi seront jugés par la loi.

13. Ce ne sont pas, en effet, ceux qui écoutent la loi qui sont justes

devant Dieu, mais ce sont ceux qui la mettent en pratique qui seront justifiés.

14. Quand les païens, qui n'ont point la loi, font naturellement ce que prescrit la loi, ils sont, eux qui n'ont point la loi, une loi pour eux-mêmes ;

15. ils montrent que l'oeuvre de la loi est écrite dans leurs coeurs, leur conscience en rendant témoignage, et leurs pensées s'accusant ou se défendant tour à tour.

16. C'est ce qui paraîtra au jour où, selon mon Évangile, Dieu jugera par Jésus Christ les actions secrètes des hommes.

17. Toi qui te donnes le nom de Juif, qui te reposes sur la loi, qui te glorifies de Dieu,

18. qui connais sa volonté, qui apprécies la différence des choses, étant instruit par la loi ;

19. toi qui te flattes d'être le conducteur des aveugles, la lumière de ceux qui sont dans les ténèbres,

20. le docteur des insensés, le maître des ignorants, parce que tu as dans la loi la règle de la science et de la vérité ;

21. toi donc, qui enseignes les autres, tu ne t'enseignes pas toi-même ! Toi qui prêches de ne pas dérober, tu dérobes !

22. Toi qui dis de ne pas commettre d'adultère, tu commets l'adultère ! Toi qui as en abomination les idoles, tu commets des sacrilèges !

23. Toi qui te fais une gloire de la loi, tu déshonores Dieu par la transgression de la loi !

24. Car le nom de Dieu est à cause de vous blasphémé parmi les païens, comme cela est écrit.

25. La circoncision est utile, si tu mets en pratique la loi ; mais si tu transgresses la loi, ta circoncision devient incirconcision.

26. Si donc l'incirconcis observe les ordonnances de la loi, son incirconcision ne sera-t-elle pas tenue pour circoncision ?

27. L'incirconcis de nature, qui accomplit la loi, ne te condamnera-t-il pas, toi qui la transgresses, tout en ayant la lettre de la loi et la circoncision ?

28. Le Juif, ce n'est pas celui qui en a les dehors ; et la circoncision, ce n'est pas celle qui est visible dans la chair.

29. Mais le Juif, c'est celui qui l'est intérieurement ; et la circoncision, c'est celle du coeur, selon l'esprit et non selon la lettre. La louange de ce Juif ne vient pas des hommes, mais de Dieu.

Romains 3

1. Quel est donc l'avantage des Juifs, ou quelle est l'utilité de la circoncision ?
2. Il est grand de toute manière, et tout d'abord en ce que les oracles de Dieu leur ont été confiés.
3. Eh quoi ! si quelques-uns n'ont pas cru, leur incrédulité anéantira-t-elle la fidélité de Dieu ?
4. Loin de là ! Que Dieu, au contraire, soit reconnu pour vrai, et tout homme pour menteur, selon qu'il est écrit : Afin que tu sois trouvé juste dans tes paroles, Et que tu triomphes lorsqu'on te juge.
5. Mais si notre injustice établit la justice de Dieu, que dirons-nous ? Dieu est-il injuste quand il déchaîne sa colère ? (Je parle à la manière des hommes.)
6. Loin de là ! Autrement, comment Dieu jugerait-il le monde ?
7. Et si, par mon mensonge, la vérité de Dieu éclate davantage pour sa gloire, pourquoi suis-je moi-même encore jugé comme pécheur ?
8. Et pourquoi ne ferions-nous pas le mal afin qu'il en arrive du bien, comme quelques-uns, qui nous calomnient, prétendent que nous le disons ? La condamnation de ces gens est juste.
9. Quoi donc ! sommes-nous plus excellents ? Nullement. Car nous avons déjà prouvé que tous, Juifs et Grecs, sont sous l'empire du péché,
10. selon qu'il est écrit : Il n'y a point de juste, Pas même un seul ;
11. Nul n'est intelligent, Nul ne cherche Dieu ; Tous sont égarés, tous sont pervertis ;

12. Il n'en est aucun qui fasse le bien, Pas même un seul ;

13. Leur gosier est un sépulcre ouvert ; Ils se servent de leurs langues pour tromper ; Ils ont sous leurs lèvres un venin d'aspic ;

14. Leur bouche est pleine de malédiction et d'amertume ;

15. Ils ont les pieds légers pour répandre le sang ;

16. La destruction et le malheur sont sur leur route ;

17. Ils ne connaissent pas le chemin de la paix ;

18. La crainte de Dieu n'est pas devant leurs yeux.

19. Or, nous savons que tout ce que dit la loi, elle le dit à ceux qui sont sous la loi, afin que toute bouche soit fermée, et que tout le monde soit reconnu coupable devant Dieu.

20. Car nul ne sera justifié devant lui par les oeuvres de la loi, puisque c'est par la loi que vient la connaissance du péché.

21. Mais maintenant, sans la loi est manifestée la justice de Dieu, à laquelle rendent témoignage la loi et les prophètes,

22. justice de Dieu par la foi en Jésus Christ pour tous ceux qui croient. Il n'y a point de distinction.

23. Car tous ont péché et sont privés de la gloire de Dieu ;

24. et ils sont gratuitement justifiés par sa grâce, par le moyen de la rédemption qui est en Jésus Christ.

25. C'est lui que Dieu a destiné, par son sang, à être, pour ceux qui croiraient victime propitiatoire, afin de montrer sa justice, parce qu'il avait laissé impunis les péchés commis auparavant, au temps de sa patience, afin, dis-je,

26. de montrer sa justice dans le temps présent, de manière à être juste tout en justifiant celui qui a la foi en Jésus.

27. Où donc est le sujet de se glorifier ? Il est exclu. Par quelle loi ? Par la loi des oeuvres ? Non, mais par la loi de la foi.

28. Car nous pensons que l'homme est justifié par la foi, sans les oeuvres de la loi.

29. Ou bien Dieu est-il seulement le Dieu des Juifs ? Ne l'est-il pas aussi des païens ? Oui, il l'est aussi des païens,

30. puisqu'il y a un seul Dieu, qui justifiera par la foi les circoncis, et par la foi les incirconcis.

31. Anéantissons-nous donc la loi par la foi ? Loin de là ! Au contraire, nous confirmons la loi.

Romains 4

1. Que dirons-nous donc qu'Abraham, notre père, a obtenu selon la chair ?
2. Si Abraham a été justifié par les oeuvres, il a sujet de se glorifier, mais non devant Dieu.
3. Car que dit l'Écriture ? Abraham crut à Dieu, et cela lui fut imputé à justice.
4. Or, à celui qui fait une oeuvre, le salaire est imputé, non comme une grâce, mais comme une chose due ;
5. et à celui qui ne fait point d'oeuvre, mais qui croit en celui qui justifie l'impie, sa foi lui est imputée à justice.
6. De même David exprime le bonheur de l'homme à qui Dieu impute la justice sans les oeuvres :
7. Heureux ceux dont les iniquités sont pardonnées, Et dont les péchés sont couverts !
8. Heureux l'homme à qui le Seigneur n'impute pas son péché !
9. Ce bonheur n'est-il que pour les circoncis, ou est-il également pour les incirconcis ? Car nous disons que la foi fut imputée à justice à Abraham.
10. Comment donc lui fut-elle imputée ? Était-ce après, ou avant sa circoncision ? Il n'était pas encore circoncis, il était incirconcis.
11. Et il reçut le signe de la circoncision, comme sceau de la justice qu'il avait obtenue par la foi quand il était incirconcis, afin d'être le père de tous les incirconcis qui croient, pour que la justice leur fût aussi imputée,
12. et le père des circoncis, qui ne sont pas seulement circoncis, mais encore qui marchent sur les traces de la foi de notre père Abraham

quand il était incirconcis.

13. En effet, ce n'est pas par la loi que l'héritage du monde a été promis à Abraham ou à sa postérité, c'est par la justice de la foi.
14. Car, si les héritiers le sont par la loi, la foi est vaine, et la promesse est anéantie,
15. parce que la loi produit la colère, et que là où il n'y a point de loi il n'y a point non plus de transgression.
16. C'est pourquoi les héritiers le sont par la foi, pour que ce soit par grâce, afin que la promesse soit assurée à toute la postérité, non seulement à celle qui est sous la loi, mais aussi à celle qui a la foi d'Abraham, notre père à tous, selon qu'il est écrit :
17. Je t'ai établi père d'un grand nombre de nations. Il est notre père devant celui auquel il a cru, Dieu, qui donne la vie aux morts, et qui appelle les choses qui ne sont point comme si elles étaient.
18. Espérant contre toute espérance, il crut, en sorte qu'il devint père d'un grand nombre de nations, selon ce qui lui avait été dit : Telle sera ta postérité.
19. Et, sans faiblir dans la foi, il ne considéra point que son corps était déjà usé, puisqu'il avait près de cent ans, et que Sara n'était plus en état d'avoir des enfants.
20. Il ne douta point, par incrédulité, au sujet de la promesse de Dieu ; mais il fut fortifié par la foi, donnant gloire à Dieu,
21. et ayant la pleine conviction que ce qu'il promet il peut aussi l'accomplir.
22. C'est pourquoi cela lui fut imputé à justice.
23. Mais ce n'est pas à cause de lui seul qu'il est écrit que cela lui fut imputé ;
24. c'est encore à cause de nous, à qui cela sera imputé, à nous qui croyons en celui qui a ressuscité des morts Jésus notre Seigneur,
25. lequel a été livré pour nos offenses, et est ressuscité pour notre justification.

Romains 5

1. Étant donc justifiés par la foi, nous avons la paix avec Dieu par notre Seigneur Jésus Christ,
2. à qui nous devons d'avoir eu par la foi accès à cette grâce, dans laquelle nous demeurons fermes, et nous nous glorifions dans l'espérance de la gloire de Dieu.
3. Bien plus, nous nous glorifions même des afflictions, sachant que l'affliction produit la persévérance,
4. la persévérance la victoire dans l'épreuve, et cette victoire l'espérance.
5. Or, l'espérance ne trompe point, parce que l'amour de Dieu est répandu dans nos coeurs par le Saint Esprit qui nous a été donné.
6. Car, lorsque nous étions encore sans force, Christ, au temps marqué, est mort pour des impies.
7. A peine mourrait-on pour un juste ; quelqu'un peut-être mourrait-il pour un homme de bien.
8. Mais Dieu prouve son amour envers nous, en ce que, lorsque nous étions encore des pécheurs, Christ est mort pour nous.
9. A plus forte raison donc, maintenant que nous sommes justifiés par son sang, serons-nous sauvés par lui de la colère.
10. Car si, lorsque nous étions ennemis, nous avons été réconciliés avec Dieu par la mort de son Fils, à plus forte raison, étant réconciliés, serons-nous sauvés par sa vie.
11. Et non seulement cela, mais encore nous nous glorifions en Dieu par notre Seigneur Jésus Christ, par qui maintenant nous avons obtenu la réconciliation.

12. C'est pourquoi, comme par un seul homme le péché est entré dans le monde, et par le péché la mort, et qu'ainsi la mort s'est étendue sur tous les hommes, parce que tous ont péché,...

13. car jusqu'à la loi le péché était dans le monde. Or, le péché n'est pas imputé, quand il n'y a point de loi.

14. Cependant la mort a régné depuis Adam jusqu'à Moïse, même sur ceux qui n'avaient pas péché par une transgression semblable à celle d'Adam, lequel est la figure de celui qui devait venir.

15. Mais il n'en est pas du don gratuit comme de l'offense ; car, si par l'offense d'un seul il en est beaucoup qui sont morts, à plus forte raison la grâce de Dieu et le don de la grâce venant d'un seul homme, Jésus Christ, ont-ils été abondamment répandus sur beaucoup.

16. Et il n'en est pas du don comme de ce qui est arrivé par un seul qui a péché ; car c'est après une seule offense que le jugement est devenu condamnation, tandis que le don gratuit devient justification après plusieurs offenses.

17. Si par l'offense d'un seul la mort a régné par lui seul, à plus forte raison ceux qui reçoivent l'abondance de la grâce et du don de la justice régneront-ils dans la vie par Jésus Christ lui seul.

18. Ainsi donc, comme par une seule offense la condamnation a atteint tous les hommes, de même par un seul acte de justice la justification qui donne la vie s'étend à tous les hommes.

19. Car, comme par la désobéissance d'un seul homme beaucoup ont été rendus pécheurs, de même par l'obéissance d'un seul beaucoup seront rendus justes.

20. Or, la loi est intervenue pour que l'offense abondât, mais là où le péché a abondé, la grâce a surabondé,

21. afin que, comme le péché a régné par la mort, ainsi la grâce régnât par la justice pour la vie éternelle, par Jésus Christ notre Seigneur.

Romains 6

1. Que dirons-nous donc ? Demeurerions-nous dans le péché, afin que la grâce abonde ?
2. Loin de là ! Nous qui sommes morts au péché, comment vivrions-nous encore dans le péché ?
3. Ignorez-vous que nous tous qui avons été baptisés en Jésus Christ, c'est en sa mort que nous avons été baptisés ?
4. Nous avons donc été ensevelis avec lui par le baptême en sa mort, afin que, comme Christ est ressuscité des morts par la gloire du Père, de même nous aussi nous marchions en nouveauté de vie.
5. En effet, si nous sommes devenus une même plante avec lui par la conformité à sa mort, nous le serons aussi par la conformité à sa résurrection,
6. sachant que notre vieil homme a été crucifié avec lui, afin que le corps du péché fût détruit, pour que nous ne soyons plus esclaves du péché ;
7. car celui qui est mort est libre du péché.
8. Or, si nous sommes morts avec Christ, nous croyons que nous vivrons aussi avec lui,
9. sachant que Christ ressuscité des morts ne meurt plus ; la mort n'a plus de pouvoir sur lui.
10. Car il est mort, et c'est pour le péché qu'il est mort une fois pour toutes ; il est revenu à la vie, et c'est pour Dieu qu'il vit.
11. Ainsi vous-mêmes, regardez-vous comme morts au péché, et comme vivants pour Dieu en Jésus Christ.
12. Que le péché ne règne donc point dans votre corps mortel, et n'obéissez pas à ses convoitises.

13. Ne livrez pas vos membres au péché, comme des instruments d'iniquité ; mais donnez-vous vous-mêmes à Dieu, comme étant vivants de morts que vous étiez, et offrez à Dieu vos membres, comme des instruments de justice.
14. Car le péché n'aura point de pouvoir sur vous, puisque vous êtes, non sous la loi, mais sous la grâce.
15. Quoi donc ! Pécherions-nous, parce que nous sommes, non sous la loi, mais sous la grâce ? Loin de là !
16. Ne savez-vous pas qu'en vous livrant à quelqu'un comme esclaves pour lui obéir, vous êtes esclaves de celui à qui vous obéissez, soit du péché qui conduit à la mort, soit de l'obéissance qui conduit à la justice ?
17. Mais grâces soient rendues à Dieu de ce que, après avoir été esclaves du péché, vous avez obéi de coeur à la règle de doctrine dans laquelle vous avez été instruits.
18. Ayant été affranchis du péché, vous êtes devenus esclaves de la justice. -
19. Je parle à la manière des hommes, à cause de la faiblesse de votre chair. -De même donc que vous avez livré vos membres comme esclaves à l'impureté et à l'iniquité, pour arriver à l'iniquité, ainsi maintenant livrez vos membres comme esclaves à la justice, pour arriver à la sainteté.
20. Car, lorsque vous étiez esclaves du péché, vous étiez libres à l'égard de la justice.
21. Quels fruits portiez-vous alors ? Des fruits dont vous rougissez aujourd'hui. Car la fin de ces choses, c'est la mort.

22. Mais maintenant, étant affranchis du péché et devenus esclaves de Dieu, vous avez pour fruit la sainteté et pour fin la vie éternelle.
23. Car le salaire du péché, c'est la mort ; mais le don gratuit de Dieu, c'est la vie éternelle en Jésus Christ notre Seigneur.

Romains 7

1. Ignorez-vous, frères, -car je parle à des gens qui connaissent la loi, -que la loi exerce son pouvoir sur l'homme aussi longtemps qu'il vit ?
2. Ainsi, une femme mariée est liée par la loi à son mari tant qu'il est vivant ; mais si le mari meurt, elle est dégagée de la loi qui la liait à son mari.
3. Si donc, du vivant de son mari, elle devient la femme d'un autre homme, elle sera appelée adultère ; mais si le mari meurt, elle est affranchie de la loi, de sorte qu'elle n'est point adultère en devenant la femme d'un autre.
4. De même, mes frères, vous aussi vous avez été, par le corps de Christ, mis à mort en ce qui concerne la loi, pour que vous apparteniez à un autre, à celui qui est ressuscité des morts, afin que nous portions des fruits pour Dieu.
5. Car, lorsque nous étions dans la chair, les passions des péchés provoquées par la loi agissaient dans nos membres, de sorte que nous portions des fruits pour la mort.
6. Mais maintenant, nous avons été dégagés de la loi, étant morts à cette loi sous laquelle nous étions retenus, de sorte que nous servons dans un esprit nouveau, et non selon la lettre qui a vieilli.
7. Que dirons-nous donc ? La loi est-elle péché ? Loin de là ! Mais je n'ai connu le péché que par la loi. Car je n'aurais pas connu la convoitise, si la loi n'eût dit : Tu ne convoiteras point.
8. Et le péché, saisissant l'occasion, produisit en moi par le commandement toutes sortes de convoitises ; car sans loi le péché est mort.

9. Pour moi, étant autrefois sans loi, je vivais ; mais quand le commandement vint, le péché reprit vie, et moi je mourus.

10. Ainsi, le commandement qui conduit à la vie se trouva pour moi conduire à la mort.

11. Car le péché saisissant l'occasion, me séduisit par le commandement, et par lui me fit mourir.

12. La loi donc est sainte, et le commandement est saint, juste et bon.

13. Ce qui est bon a-t-il donc été pour moi une cause de mort ? Loin de là ! Mais c'est le péché, afin qu'il se manifestât comme péché en me donnant la mort par ce qui est bon, et que, par le commandement, il devînt condamnable au plus haut point.

14. Nous savons, en effet, que la loi est spirituelle ; mais moi, je suis charnel, vendu au péché.

15. Car je ne sais pas ce que je fais : je ne fais point ce que je veux, et je fais ce que je hais.

16. Or, si je fais ce que je ne veux pas, je reconnais par là que la loi est bonne.

17. Et maintenant ce n'est plus moi qui le fais, mais c'est le péché qui habite en moi.

18. Ce qui est bon, je le sais, n'habite pas en moi, c'est-à-dire dans ma chair : j'ai la volonté, mais non le pouvoir de faire le bien.

19. Car je ne fais pas le bien que je veux, et je fais le mal que je ne veux pas.

20. Et si je fais ce que je ne veux pas, ce n'est plus moi qui le fais, c'est le péché qui habite en moi.

21. Je trouve donc en moi cette loi : quand je veux faire le bien, le mal est attaché à moi.

22. Car je prends plaisir à la loi de Dieu, selon l'homme intérieur ;

23. mais je vois dans mes membres une autre loi, qui lutte contre la loi de mon entendement, et qui me rend captif de la loi du péché, qui est dans mes membres.

24. Misérable que je suis ! Qui me délivrera du corps de cette mort ?...

25. Grâces soient rendues à Dieu par Jésus Christ notre Seigneur !... Ainsi donc, moi-même, je suis par l'entendement esclave de la loi de

Dieu, et je suis par la chair esclave de la loi du péché.

19

Romains 8

1. Il n'y a donc maintenant aucune condamnation pour ceux qui sont en Jésus Christ.
2. En effet, la loi de l'esprit de vie en Jésus Christ m'a affranchi de la loi du péché et de la mort.
3. Car-chose impossible à la loi, parce que la chair la rendait sans force, -Dieu a condamné le péché dans la chair, en envoyant, à cause du péché, son propre Fils dans une chair semblable à celle du péché,
4. et cela afin que la justice de la loi fût accomplie en nous, qui marchons, non selon la chair, mais selon l'esprit.
5. Ceux, en effet, qui vivent selon la chair, s'affectionnent aux choses de la chair, tandis que ceux qui vivent selon l'esprit s'affectionnent aux choses de l'esprit.
6. Et l'affection de la chair, c'est la mort, tandis que l'affection de l'esprit, c'est la vie et la paix ;
7. car l'affection de la chair est inimitié contre Dieu, parce qu'elle ne se soumet pas à la loi de Dieu, et qu'elle ne le peut même pas.
8. Or ceux qui vivent selon la chair ne sauraient plaire à Dieu.
9. Pour vous, vous ne vivez pas selon la chair, mais selon l'esprit, si du moins l'Esprit de Dieu habite en vous. Si quelqu'un n'a pas l'Esprit de Christ, il ne lui appartient pas.
10. Et si Christ est en vous, le corps, il est vrai, est mort à cause du péché, mais l'esprit est vie à cause de la justice.
11. Et si l'Esprit de celui qui a ressuscité Jésus d'entre les morts habite en vous, celui qui a ressuscité Christ d'entre les morts rendra aussi la vie à vos corps mortels par son Esprit qui habite en vous.

12. Ainsi donc, frères, nous ne sommes point redevables à la chair, pour vivre selon la chair.

13. Si vous vivez selon la chair, vous mourrez ; mais si par l'Esprit vous faites mourir les actions du corps, vous vivrez,

14. car tous ceux qui sont conduits par l'Esprit de Dieu sont fils de Dieu.

15. Et vous n'avez point reçu un esprit de servitude, pour être encore dans la crainte ; mais vous avez reçu un Esprit d'adoption, par lequel nous crions : Abba ! Père !

16. L'Esprit lui-même rend témoignage à notre esprit que nous sommes enfants de Dieu.

17. Or, si nous sommes enfants, nous sommes aussi héritiers : héritiers de Dieu, et cohéritiers de Christ, si toutefois nous souffrons avec lui, afin d'être glorifiés avec lui.

18. J'estime que les souffrances du temps présent ne sauraient être comparées à la gloire à venir qui sera révélée pour nous.

19. Aussi la création attend-elle avec un ardent désir la révélation des fils de Dieu.

20. Car la création a été soumise à la vanité, -non de son gré, mais à cause de celui qui l'y a soumise, -

21. avec l'espérance qu'elle aussi sera affranchie de la servitude de la corruption, pour avoir part à la liberté de la gloire des enfants de Dieu.

22. Or, nous savons que, jusqu'à ce jour, la création tout entière soupire et souffre les douleurs de l'enfantement.

23. Et ce n'est pas elle seulement ; mais nous aussi, qui avons les prémices de l'Esprit, nous aussi nous soupirons en nous-mêmes, en attendant l'adoption, la rédemption de notre corps.

24. Car c'est en espérance que nous sommes sauvés. Or, l'espérance qu'on voit n'est plus espérance : ce qu'on voit, peut-on l'espérer encore ?

25. Mais si nous espérons ce que nous ne voyons pas, nous l'attendons avec persévérance.

26. De même aussi l'Esprit nous aide dans notre faiblesse, car nous ne savons pas ce qu'il nous convient de demander dans nos prières.

Mais l'Esprit lui-même intercède par des soupirs inexprimables ;

27. et celui qui sonde les coeurs connaît quelle est la pensée de l'Esprit, parce que c'est selon Dieu qu'il intercède en faveur des saints.

28. Nous savons, du reste, que toutes choses concourent au bien de ceux qui aiment Dieu, de ceux qui sont appelés selon son dessein.

29. Car ceux qu'il a connus d'avance, il les a aussi prédestinés à être semblables à l'image de son Fils, afin que son Fils fût le premier-né entre plusieurs frères.

30. Et ceux qu'il a prédestinés, il les a aussi appelés ; et ceux qu'il a appelés, il les a aussi justifiés ; et ceux qu'il a justifiés, il les a aussi glorifiés.

31. Que dirons-nous donc à l'égard de ces choses ? Si Dieu est pour nous, qui sera contre nous ?

32. Lui, qui n'a point épargné son propre Fils, mais qui l'a livré pour nous tous, comment ne nous donnera-t-il pas aussi toutes choses avec lui ?

33. Qui accusera les élus de Dieu ? C'est Dieu qui justifie !

34. Qui les condamnera ? Christ est mort ; bien plus, il est ressuscité, il est à la droite de Dieu, et il intercède pour nous !

35. Qui nous séparera de l'amour de Christ ? Sera-ce la tribulation, ou l'angoisse, ou la persécution, ou la faim, ou la nudité, ou le péril, ou l'épée ?

36. selon qu'il est écrit : C'est à cause de toi qu'on nous met à mort tout le jour, Qu'on nous regarde comme des brebis destinées à la boucherie.

37. Mais dans toutes ces choses nous sommes plus que vainqueurs par celui qui nous a aimés.

38. Car j'ai l'assurance que ni la mort ni la vie, ni les anges ni les dominations, ni les choses présentes ni les choses à venir,

39. ni les puissances, ni la hauteur, ni la profondeur, ni aucune autre créature ne pourra nous séparer de l'amour de Dieu manifesté en Jésus Christ notre Seigneur.

Romains 9

1. Je dis la vérité en Christ, je ne mens point, ma conscience m'en rend témoignage par le Saint Esprit :
2. J'éprouve une grande tristesse, et j'ai dans le coeur un chagrin continuel.
3. Car je voudrais moi-même être anathème et séparé de Christ pour mes frères, mes parents selon la chair,
4. qui sont Israélites, à qui appartiennent l'adoption, et la gloire, et les alliances, et la loi, et le culte,
5. et les promesses, et les patriarches, et de qui est issu, selon la chair, le Christ, qui est au-dessus de toutes choses, Dieu béni éternellement. Amen !
6. Ce n'est point à dire que la parole de Dieu soit restée sans effet. Car tous ceux qui descendent d'Israël ne sont pas Israël,
7. et, pour être la postérité d'Abraham, ils ne sont pas tous ses enfants ; mais il est dit : En Isaac sera nommée pour toi une postérité,
8. c'est-à-dire que ce ne sont pas les enfants de la chair qui sont enfants de Dieu, mais que ce sont les enfants de la promesse qui sont regardés comme la postérité.
9. Voici, en effet, la parole de la promesse : Je reviendrai à cette même époque, et Sara aura un fils.
10. Et, de plus, il en fut ainsi de Rébecca, qui conçut du seul Isaac notre père ;
11. car, quoique les enfants ne fussent pas encore nés et ils n'eussent fait ni bien ni mal, -afin que le dessein d'élection de Dieu subsistât, sans dépendre des oeuvres, et par la seule volonté de celui qui appelle, -

12. il fut dit à Rébecca : L'aîné sera assujetti au plus jeune ; selon qu'il est écrit :

13. J'ai aimé Jacob Et j'ai haï Ésaü.

14. Que dirons-nous donc ? Y a-t-il en Dieu de l'injustice ? Loin de là !

15. Car il dit à Moïse : Je ferai miséricorde à qui je fais miséricorde, et j'aurai compassion de qui j'ai compassion.

16. Ainsi donc, cela ne dépend ni de celui qui veut, ni de celui qui court, mais de Dieu qui fait miséricorde.

17. Car l'Écriture dit à Pharaon : Je t'ai suscité à dessein pour montrer en toi ma puissance, et afin que mon nom soit publié par toute la terre.

18. Ainsi, il fait miséricorde à qui il veut, et il endurcit qui il veut.

19. Tu me diras : Pourquoi blâme-t-il encore ? Car qui est-ce qui résiste à sa volonté ?

20. O homme, toi plutôt, qui es-tu pour contester avec Dieu ? Le vase d'argile dira-t-il à celui qui l'a formé : Pourquoi m'as-tu fait ainsi ?

21. Le potier n'est-il pas maître de l'argile, pour faire avec la même masse un vase d'honneur et un vase d'un usage vil ?

22. Et que dire, si Dieu, voulant montrer sa colère et faire connaître sa puissance, a supporté avec une grande patience des vases de colère formés pour la perdition,

23. et s'il a voulu faire connaître la richesse de sa gloire envers des vases de miséricorde qu'il a d'avance préparés pour la gloire ?

24. Ainsi nous a-t-il appelés, non seulement d'entre les Juifs, mais encore d'entre les païens,

25. selon qu'il le dit dans Osée : J'appellerai mon peuple celui qui n'était pas mon peuple, et bien-aimée celle qui n'était pas la bien-aimée ;

26. et là où on leur disait : Vous n'êtes pas mon peuple ! ils seront appelés fils du Dieu vivant.

27. Ésaïe, de son côté, s'écrie au sujet d'Israël : Quand le nombre des fils d'Israël serait comme le sable de la mer, Un reste seulement sera sauvé.

28. Car le Seigneur exécutera pleinement et promptement sur la terre ce qu'il a résolu.

29. Et, comme Ésaïe l'avait dit auparavant : Si le Seigneur des armées Ne nous eût laissé une postérité, Nous serions devenus comme Sodome, Nous aurions été semblables à Gomorrhe.

30. Que dirons-nous donc ? Les païens, qui ne cherchaient pas la justice, ont obtenu la justice, la justice qui vient de la foi,

31. tandis qu'Israël, qui cherchait une loi de justice, n'est pas parvenu à cette loi.

32. Pourquoi ? Parce qu'Israël l'a cherchée, non par la foi, mais comme provenant des oeuvres. Ils se sont heurtés contre la pierre d'achoppement,

33. selon qu'il est écrit : Voici, je mets en Sion une pierre d'achoppement Et un rocher de scandale, Et celui qui croit en lui ne sera point confus.

Romains 10

1. Frères, le voeu de mon coeur et ma prière à Dieu pour eux, c'est qu'ils soient sauvés.

2. Je leur rends le témoignage qu'ils ont du zèle pour Dieu, mais sans intelligence :

3. ne connaissant pas la justice de Dieu, et cherchant à établir leur propre justice, ils ne se sont pas soumis à la justice de Dieu ;

4. car Christ est la fin de la loi, pour la justification de tous ceux qui croient.

5. En effet, Moïse définit ainsi la justice qui vient de la loi : L'homme qui mettra ces choses en pratique vivra par elles.

6. Mais voici comment parle la justice qui vient de la foi : Ne dis pas en ton coeur : Qui montera au ciel ? c'est en faire descendre Christ ;

7. ou : Qui descendra dans l'abîme ? c'est faire remonter Christ d'entre les morts.

8. Que dit-elle donc ? La parole est près de toi, dans ta bouche et dans ton coeur. Or, c'est la parole de la foi, que nous prêchons.

9. Si tu confesses de ta bouche le Seigneur Jésus, et si tu crois dans ton coeur que Dieu l'a ressuscité des morts, tu seras sauvé.

10. Car c'est en croyant du coeur qu'on parvient à la justice, et c'est en confessant de la bouche qu'on parvient au salut, selon ce que dit l'Écriture :

11. Quiconque croit en lui ne sera point confus.

12. Il n'y a aucune différence, en effet, entre le Juif et le Grec, puisqu'ils ont tous un même Seigneur, qui est riche pour tous ceux qui l'invoquent.

13. Car quiconque invoquera le nom du Seigneur sera sauvé.

14. Comment donc invoqueront-ils celui en qui ils n'ont pas cru ? Et comment croiront-ils en celui dont ils n'ont pas entendu parler ? Et comment en entendront-ils parler, s'il n'y a personne qui prêche ?

15. Et comment y aura-t-il des prédicateurs, s'ils ne sont pas envoyés ? selon qu'il est écrit : Qu'ils sont beaux Les pieds de ceux qui annoncent la paix, De ceux qui annoncent de bonnes nouvelles !

16. Mais tous n'ont pas obéi à la bonne nouvelle. Aussi Ésaïe dit-il : Seigneur, Qui a cru à notre prédication ?

17. Ainsi la foi vient de ce qu'on entend, et ce qu'on entend vient de la parole de Christ.

18. Mais je dis : N'ont-ils pas entendu ? Au contraire ! Leur voix est allée par toute la terre, Et leurs paroles jusqu'aux extrémités du monde.

19. Mais je dis : Israël ne l'a-t-il pas su ? Moïse le premier dit : J'exciterai votre jalousie par ce qui n'est point une nation, je provoquerai votre colère par une nation sans intelligence.

20. Et Ésaïe pousse la hardiesse jusqu'à dire : J'ai été trouvé par ceux qui ne me cherchaient pas, Je me suis manifesté à ceux qui ne me demandaient pas.

21. Mais au sujet d'Israël, il dit : J'ai tendu mes mains tout le jour vers un peuple rebelle Et contredisant.

Romains 11

1. Je dis donc : Dieu a-t-il rejeté son peuple ? Loin de là ! Car moi aussi je suis Israélite, de la postérité d'Abraham, de la tribu de Benjamin.

2. Dieu n'a point rejeté son peuple, qu'il a connu d'avance. Ne savez-vous pas ce que l'Écriture rapporte d'Élie, comment il adresse à Dieu cette plainte contre Israël :

3. Seigneur, ils ont tué tes prophètes, ils ont renversé tes autels ; je suis resté moi seul, et ils cherchent à m'ôter la vie ?

4. Mais quelle réponse Dieu lui fait-il ? Je me suis réservé sept mille hommes, qui n'ont point fléchi le genou devant Baal.

5. De même aussi dans le temps présent il y un reste, selon l'élection de la grâce.

6. Or, si c'est par grâce, ce n'est plus par les oeuvres ; autrement la grâce n'est plus une grâce. Et si c'est par les oeuvres, ce n'est plus une grâce ; autrement l'oeuvre n'est plus une oeuvre.

7. Quoi donc ? Ce qu'Israël cherche, il ne l'a pas obtenu, mais l'élection l'a obtenu, tandis que les autres ont été endurcis,

8. selon qu'il est écrit : Dieu leur a donné un esprit d'assoupissement, Des yeux pour ne point voir, Et des oreilles pour ne point entendre, Jusqu'à ce jour. Et David dit :

9. Que leur table soit pour eux un piège, Un filet, une occasion de chute, et une rétribution !

10. Que leurs yeux soient obscurcis pour ne point voir, Et tiens leur dos continuellement courbé !

11. Je dis donc : Est-ce pour tomber qu'ils ont bronché ? Loin de là !

Mais, par leur chute, le salut est devenu accessible aux païens, afin qu'ils fussent excités à la jalousie.

12. Or, si leur chute a été la richesse du monde, et leur amoindrissement la richesse des païens, combien plus en sera-t-il ainsi quand ils se convertiront tous.

13. Je vous le dis à vous, païens : en tant que je suis apôtre des païens, je glorifie mon ministère,

14. afin, s'il est possible, d'exciter la jalousie de ceux de ma race, et d'en sauver quelques-uns.

15. Car si leur rejet a été la réconciliation du monde, que sera leur réintégration, sinon une vie d'entre les morts ?

16. Or, si les prémices sont saintes, la masse l'est aussi ; et si la racine est sainte, les branches le sont aussi.

17. Mais si quelques-unes des branches ont été retranchées, et si toi, qui était un olivier sauvage, tu as été enté à leur place, et rendu participant de la racine et de la graisse de l'olivier,

18. ne te glorifie pas aux dépens de ces branches. Si tu te glorifies, sache que ce n'est pas toi qui portes la racine, mais que c'est la racine qui te porte.

19. Tu diras donc : Les branches ont été retranchées, afin que moi je fusse enté.

20. Cela est vrai ; elles ont été retranchées pour cause d'incrédulité, et toi, tu subsistes par la foi. Ne t'abandonne pas à l'orgueil, mais crains ;

21. car si Dieu n'a pas épargné les branches naturelles, il ne t'épargnera pas non plus.

22. Considère donc la bonté et la sévérité de Dieu : sévérité envers ceux qui sont tombés, et bonté de Dieu envers toi, si tu demeures ferme dans cette bonté ; autrement, tu seras aussi retranché.

23. Eux de même, s'ils ne persistent pas dans l'incrédulité, ils seront entés ; car Dieu est puissant pour les enter de nouveau.

24. Si toi, tu as été coupé de l'olivier naturellement sauvage, et enté contrairement à ta nature sur l'olivier franc, à plus forte raison eux seront-ils entés selon leur nature sur leur propre olivier.

25. Car je ne veux pas, frères, que vous ignoriez ce mystère, afin que

vous ne vous regardiez point comme sages, c'est qu'une partie d'Israël est tombée dans l'endurcissement, jusqu'à ce que la totalité des païens soit entrée.

26. Et ainsi tout Israël sera sauvé, selon qu'il est écrit : Le libérateur viendra de Sion, Et il détournera de Jacob les impiétés ;

27. Et ce sera mon alliance avec eux, Lorsque j'ôterai leurs péchés.

28. En ce qui concerne l'Évangile, ils sont ennemis à cause de vous ; mais en ce qui concerne l'élection, ils sont aimés à cause de leurs pères.

29. Car Dieu ne se repent pas de ses dons et de son appel.

30. De même que vous avez autrefois désobéi à Dieu et que par leur désobéissance vous avez maintenant obtenu miséricorde,

31. de même ils ont maintenant désobéi, afin que, par la miséricorde qui vous a été faite, ils obtiennent aussi miséricorde.

32. Car Dieu a renfermé tous les hommes dans la désobéissance, pour faire miséricorde à tous.

33. O profondeur de la richesse, de la sagesse et de la science de Dieu ! Que ses jugements sont insondables, et ses voies incompréhensibles ! Car

34. Qui a connu la pensée du Seigneur, Ou qui a été son conseiller ?

35. Qui lui a donné le premier, pour qu'il ait à recevoir en retour ?

36. C'est de lui, par lui, et pour lui que sont toutes choses. A lui la gloire dans tous les siècles ! Amen !

Romains 12

1. Je vous exhorte donc, frères, par les compassions de Dieu, à offrir vos corps comme un sacrifice vivant, saint, agréable à Dieu, ce qui sera de votre part un culte raisonnable.
2. Ne vous conformez pas au siècle présent, mais soyez transformés par le renouvellement de l'intelligence, afin que vous discerniez quelle est la volonté de Dieu, ce qui est bon, agréable et parfait.
3. Par la grâce qui m'a été donnée, je dis à chacun de vous de n'avoir pas de lui-même une trop haute opinion, mais de revêtir des sentiments modestes, selon la mesure de foi que Dieu a départie à chacun.
4. Car, comme nous avons plusieurs membres dans un seul corps, et que tous les membres n'ont pas la même fonction,
5. ainsi, nous qui sommes plusieurs, nous formons un seul corps en Christ, et nous sommes tous membres les uns des autres.
6. Puisque nous avons des dons différents, selon la grâce qui nous a été accordée, que celui qui a le don de prophétie l'exerce selon l'analogie de la foi ;
7. que celui qui est appelé au ministère s'attache à son ministère ; que celui qui enseigne s'attache à son enseignement,
8. et celui qui exhorte à l'exhortation. Que celui qui donne le fasse avec libéralité ; que celui qui préside le fasse avec zèle ; que celui qui pratique la miséricorde le fasse avec joie.
9. Que la charité soit sans hypocrisie. Ayez le mal en horreur ; attachez-vous fortement au bien.

10. Par amour fraternel, soyez pleins d'affection les uns pour les

autres ; par honneur, usez de prévenances réciproques.

11. Ayez du zèle, et non de la paresse. Soyez fervents d'esprit. Servez le Seigneur.

12. Réjouissez-vous en espérance. Soyez patients dans l'affliction. Persévérez dans la prière.

13. Pourvoyez aux besoins des saints. Exercez l'hospitalité.

14. Bénissez ceux qui vous persécutent, bénissez et ne maudissez pas.

15. Réjouissez-vous avec ceux qui se réjouissent ; pleurez avec ceux qui pleurent.

16. Ayez les mêmes sentiments les uns envers les autres. N'aspirez pas à ce qui est élevé, mais laissez-vous attirer par ce qui est humble. Ne soyez point sages à vos propres yeux.

17. Ne rendez à personne le mal pour le mal. Recherchez ce qui est bien devant tous les hommes.

18. S'il est possible, autant que cela dépend de vous, soyez en paix avec tous les hommes.

19. Ne vous vengez point vous-mêmes, bien-aimés, mais laissez agir la colère ; car il est écrit : A moi la vengeance, à moi la rétribution, dit le Seigneur.

20. Mais si ton ennemi a faim, donne-lui à manger ; s'il a soif, donne-lui à boire ; car en agissant ainsi, ce sont des charbons ardents que tu amasseras sur sa tête.

21. Ne te laisse pas vaincre par le mal, mais surmonte le mal par le bien.

Romains 13

1. Que toute personne soit soumise aux autorités supérieures ; car il n'y a point d'autorité qui ne vienne de Dieu, et les autorités qui existent ont été instituées de Dieu.
2. C'est pourquoi celui qui s'oppose à l'autorité résiste à l'ordre que Dieu a établi, et ceux qui résistent attireront une condamnation sur eux-mêmes.
3. Ce n'est pas pour une bonne action, c'est pour une mauvaise, que les magistrats sont à redouter. Veux-tu ne pas craindre l'autorité ? Fais-le bien, et tu auras son approbation.
4. Le magistrat est serviteur de Dieu pour ton bien. Mais si tu fais le mal, crains ; car ce n'est pas en vain qu'il porte l'épée, étant serviteur de Dieu pour exercer la vengeance et punir celui qui fait le mal.
5. Il est donc nécessaire d'être soumis, non seulement par crainte de la punition, mais encore par motif de conscience.
6. C'est aussi pour cela que vous payez les impôts. Car les magistrats sont des ministres de Dieu entièrement appliqués à cette fonction.
7. Rendez à tous ce qui leur est dû : l'impôt à qui vous devez l'impôt, le tribut à qui vous devez le tribut, la crainte à qui vous devez la crainte, l'honneur à qui vous devez l'honneur.
8. Ne devez rien à personne, si ce n'est de vous aimer les uns les autres ; car celui qui aime les autres a accompli la loi.
9. En effet, les commandements : Tu ne commettras point d'adultère, tu ne tueras point, tu ne déroberas point, tu ne convoiteras point, et ceux qu'il peut encore y avoir, se résument dans cette parole : Tu aimeras ton prochain comme toi-même.

10. L'amour ne fait point de mal au prochain : l'amour est donc l'accomplissement de la loi.

11. Cela importe d'autant plus que vous savez en quel temps nous sommes : c'est l'heure de vous réveiller enfin du sommeil, car maintenant le salut est plus près de nous que lorsque nous avons cru.

12. La nuit est avancée, le jour approche. Dépouillons-nous donc des oeuvres des ténèbres, et revêtons les armes de la lumière.

13. Marchons honnêtement, comme en plein jour, loin des excès et de l'ivrognerie, de la luxure et de l'impudicité, des querelles et des jalousies.

14. Mais revêtez-vous du Seigneur Jésus Christ, et n'ayez pas soin de la chair pour en satisfaire les convoitises.

Romains 14

1. Faites accueil à celui qui est faible dans la foi, et ne discutez pas sur les opinions.

2. Tel croit pouvoir manger de tout : tel autre, qui est faible, ne mange que des légumes.

3. Que celui qui mange ne méprise point celui qui ne mange pas, et que celui qui ne mange pas ne juge point celui qui mange, car Dieu l'a accueilli.

4. Qui es-tu, toi qui juges un serviteur d'autrui ? S'il se tient debout, ou s'il tombe, cela regarde son maître. Mais il se tiendra debout, car le Seigneur a le pouvoir de l'affermir.

5. Tel fait une distinction entre les jours ; tel autre les estime tous égaux. Que chacun ait en son esprit une pleine conviction.

6. Celui qui distingue entre les jours agit ainsi pour le Seigneur. Celui qui mange, c'est pour le Seigneur qu'il mange, car il rend grâces à Dieu ; celui qui ne mange pas, c'est pour le Seigneur qu'il ne mange pas, et il rend grâces à Dieu.

7. En effet, nul de nous ne vit pour lui-même, et nul ne meurt pour lui-même.

8. Car si nous vivons, nous vivons pour le Seigneur ; et si nous mourons, nous mourons pour le Seigneur. Soit donc que nous vivions, soit que nous mourions, nous sommes au Seigneur.

9. Car Christ est mort et il a vécu, afin de dominer sur les morts et sur les vivants.

10. Mais toi, pourquoi juges-tu ton frère ? ou toi, pourquoi méprises-tu ton frère ? puisque nous comparaîtrons tous devant le tribunal de Dieu.

11. Car il est écrit : Je suis vivant, dit le Seigneur, Tout genou fléchira devant moi, Et toute langue donnera gloire à Dieu.

12. Ainsi chacun de nous rendra compte à Dieu pour lui-même.

13. Ne nous jugeons donc plus les uns les autres ; mais pensez plutôt à ne rien faire qui soit pour votre frère une pierre d'achoppement ou une occasion de chute.

14. Je sais et je suis persuadé par le Seigneur Jésus que rien n'est impur en soi, et qu'une chose n'est impure que pour celui qui la croit impure.

15. Mais si, pour un aliment, ton frère est attristé, tu ne marches plus selon l'amour : ne cause pas, par ton aliment, la perte de celui pour lequel Christ est mort.

16. Que votre privilège ne soit pas un sujet de calomnie.

17. Car le royaume de Dieu, ce n'est pas le manger et le boire, mais la justice, la paix et la joie, par le Saint Esprit.

18. Celui qui sert Christ de cette manière est agréable à Dieu et approuvé des hommes.

19. Ainsi donc, recherchons ce qui contribue à la paix et à l'édification mutuelle.

20. Pour un aliment, ne détruis pas l'oeuvre de Dieu. A la vérité toutes choses sont pures ; mais il est mal à l'homme, quand il mange, de devenir une pierre d'achoppement.

21. Il est bien de ne pas manger de viande, de ne pas boire de vin, et de s'abstenir de ce qui peut être pour ton frère une occasion de chute, de scandale ou de faiblesse.

22. Cette foi que tu as, garde-la pour toi devant Dieu. Heureux celui qui ne se condamne pas lui-même dans ce qu'il approuve !

23. Mais celui qui a des doutes au sujet de ce qu'il mange est condamné, parce qu'il n'agit pas par conviction. Tout ce qui n'est pas le produit d'une conviction est péché.

Romains 15

1. Nous qui sommes forts, nous devons supporter les faiblesses de ceux qui ne le sont pas, et ne pas nous complaire en nous-mêmes.
2. Que chacun de nous complaise au prochain pour ce qui est bien en vue de l'édification.
3. Car Christ ne s'est point complu en lui-même, mais, selon qu'il est écrit : Les outrages de ceux qui t'insultent sont tombés sur moi.
4. Or, tout ce qui a été écrit d'avance l'a été pour notre instruction, afin que, par la patience, et par la consolation que donnent les Écritures, nous possédions l'espérance.
5. Que le Dieu de la persévérance et de la consolation vous donne d'avoir les mêmes sentiments les uns envers les autres selon Jésus Christ,
6. afin que tous ensemble, d'une seule bouche, vous glorifiiez le Dieu et Père de notre Seigneur Jésus Christ.
7. Accueillez-vous donc les uns les autres, comme Christ vous a accueillis, pour la gloire de Dieu.
8. Je dis, en effet, que Christ a été serviteur des circoncis, pour prouver la véracité de Dieu en confirmant les promesses faites aux pères,
9. tandis que les païens glorifient Dieu à cause de sa miséricorde, selon qu'il est écrit : C'est pourquoi je te louerai parmi les nations, Et je chanterai à la gloire de ton nom. Il est dit encore :
10. Nations, réjouissez-vous avec son peuple !
11. Et encore : Louez le Seigneur, vous toutes les nations, Célébrez-le, vous tous les peuples !

12. Ésaïe dit aussi : Il sortira d'Isaï un rejeton, Qui se lèvera pour régner sur les nations ; Les nations espéreront en lui.

13. Que le Dieu de l'espérance vous remplisse de toute joie et de toute paix dans la foi, pour que vous abondiez en espérance, par la puissance du Saint Esprit !

14. Pour ce qui vous concerne, mes frères, je suis moi-même persuadé que vous êtes pleins de bonnes dispositions, remplis de toute connaissance, et capables de vous exhorter les uns les autres.

15. Cependant, à certains égards, je vous ai écrit avec une sorte de hardiesse, comme pour réveiller vos souvenirs, à cause de la grâce que Dieu m'a faite

16. d'être ministre de Jésus Christ parmi les païens, m'acquittant du divin service de l'Évangile de Dieu, afin que les païens lui soient une offrande agréable, étant sanctifiée par l'Esprit Saint.

17. J'ai donc sujet de me glorifier en Jésus Christ, pour ce qui regarde les choses de Dieu.

18. Car je n'oserais mentionner aucune chose que Christ n'ait pas faite par moi pour amener les païens à l'obéissance, par la parole et par les actes,

19. par la puissance des miracles et des prodiges, par la puissance de l'Esprit de Dieu, en sorte que, depuis Jérusalem et les pays voisins jusqu'en Illyrie, j'ai abondamment répandu l'Évangile de Christ.

20. Et je me suis fait honneur d'annoncer l'Évangile là où Christ n'avait point été nommé, afin de ne pas bâtir sur le fondement d'autrui, selon qu'il est écrit :

21. Ceux à qui il n'avait point été annoncé verront, Et ceux qui n'en avaient point entendu parler comprendront.

22. C'est ce qui m'a souvent empêché d'aller vers vous.

23. Mais maintenant, n'ayant plus rien qui me retienne dans ces contrées, et ayant depuis plusieurs années le désir d'aller vers vous,

24. j'espère vous voir en passant, quand je me rendrai en Espagne, et y être accompagné par vous, après que j'aurai satisfait en partie mon désir de me trouver chez vous.

25. Présentement je vais à Jérusalem, pour le service des saints.

26. Car la Macédoine et l'Achaïe ont bien voulu s'imposer une

contribution en faveur des pauvres parmi les saints de Jérusalem.

27. Elles l'ont bien voulu, et elles le leur devaient ; car si les païens ont eu part à leurs avantages spirituels, ils doivent aussi les assister dans les choses temporelles.

28. Dès que j'aurai terminé cette affaire et que je leur aurai remis ces dons, je partirai pour l'Espagne et passerai chez vous.

29. Je sais qu'en allant vers vous, c'est avec une pleine bénédiction de Christ que j'irai.

30. Je vous exhorte, frères, par notre Seigneur Jésus Christ et par l'amour de l'Esprit, à combattre avec moi, en adressant à Dieu des prières en ma faveur,

31. afin que je sois délivré des incrédules de la Judée, et que les dons que je porte à Jérusalem soient agréés des saints,

32. en sorte que j'arrive chez vous avec joie, si c'est la volonté de Dieu, et que je jouisse au milieu de vous de quelque repos.

33. Que le Dieu de paix soit avec vous tous ! Amen !

Romains 16

1. Je vous recommande Phoebé, notre soeur, qui est diaconesse de l'Église de Cenchrées,

2. afin que vous la receviez en notre Seigneur d'une manière digne des saints, et que vous l'assistiez dans les choses où elle aurait besoin de vous, car elle en a donné aide à plusieurs et à moi-même.

3. Saluez Prisca et Aquilas, mes compagnons d'oeuvre en Jésus Christ,

4. qui ont exposé leur tête pour sauver ma vie ; ce n'est pas moi seul qui leur rends grâces, ce sont encore toutes les Églises des païens.

5. Saluez aussi l'Église qui est dans leur maison. Saluez Épaïnète, mon bien-aimé, qui a été pour Christ les prémices de l'Asie.

6. Saluez Marie, qui a pris beaucoup de peine pour vous.

7. Saluez Andronicus et Junias, mes parents et mes compagnons de captivité, qui jouissent d'une grande considération parmi les apôtres, et qui même ont été en Christ avant moi.

8. Saluez Amplias, mon bien-aimé dans le Seigneur.

9. Saluez Urbain, notre compagnon d'oeuvre en Christ, et Stachys, mon bien-aimé.

10. Saluez Apellès, qui est éprouvé en Christ. Saluez ceux de la maison d'Aristobule.

11. Saluez Hérodion, mon parent. Saluez ceux de la maison de Narcisse qui sont dans le Seigneur.

12. Saluez Tryphène et Tryphose, qui travaillent pour le Seigneur. Saluez Perside, la bien-aimée, qui a beaucoup travaillé pour le Seigneur.

13. Saluez Rufus, l'élu du Seigneur, et sa mère, qui est aussi la mienne.

14. Saluez Asyncrite, Phlégon, Hermès, Patrobas, Hermas, et les frères qui sont avec eux.

15. Saluez Philologue et Julie, Nérée et sa soeur, et Olympe, et tous les saints qui sont avec eux.

16. Saluez-vous les uns les autres par un saint baiser. Toutes les Églises de Christ vous saluent.

17. Je vous exhorte, frères, à prendre garde à ceux qui causent des divisions et des scandales, au préjudice de l'enseignement que vous avez reçu. Éloignez-vous d'eux.

18. Car de tels hommes ne servent point Christ notre Seigneur, mais leur propre ventre ; et, par des paroles douces et flatteuses, ils séduisent les coeurs des simples.

19. Pour vous, votre obéissance est connue de tous ; je me réjouis donc à votre sujet, et je désire que vous soyez sages en ce qui concerne le bien et purs en ce qui concerne le mal.

20. Le Dieu de paix écrasera bientôt Satan sous vos pieds. Que la grâce de notre Seigneur Jésus Christ soit avec vous !

21. Timothée, mon compagnon d'oeuvre, vous salue, ainsi que Lucius, Jason et Sosipater, mes parents.

22. Je vous salue dans le Seigneur, moi Tertius, qui ai écrit cette lettre.

23. Gaïus, mon hôte et celui de toute l'Église, vous salue. Éraste, le trésorier de la ville, vous salue, ainsi que le frère Quartus.

24. Que la grâce de notre Seigneur Jésus Christ soit avec vous tous ! Amen !

25. A celui qui peut vous affermir selon mon Évangile et la prédication de Jésus Christ, conformément à la révélation du mystère caché pendant des siècles,

26. mais manifesté maintenant par les écrits des prophètes, d'après l'ordre du Dieu éternel, et porté à la connaissance de toutes les nations, afin qu'elles obéissent à la foi,

27. à Dieu, seul sage, soit la gloire aux siècles des siècles, par Jésus Christ ! Amen !

FIN